collection

Romans Jeunesse

Les Éditions HRW ltée
955, rue Bergar
Laval (Québec) H7L 4Z7
Téléphone : (514) 334-8466 Télécopieur : (514) 334-8387

Déjà parus dans cette collection :

N° 1 Destination : nuit blanche
(Les aventures de Sophie et de Jean-Sébastien)

N° 2 Fichez-moi la paix!

N° 3 La Porte secrète
(Les aventures de Sophie et de Jean-Sébastien)

N° 4 La Vengeance

N° 5 En exil… chez mon père

N° 6 Josée l'imprévisible

N° 7 L'Île aux Épaves
(Les aventures de Sophie et de Jean-Sébastien)

N° 8 L'Halloween, c'est plus que du bonbon!

N° 9 La Folle d'Hiswock
(Les aventures de Sophie et de Jean-Sébastien)

N° 10 L'Étranger du vieux manoir

N° 11 Le Spectre Van der Bruck
(Les aventures de Chang et de Marco)

N° 12 La Colonie du lac Perdu
(Les aventures de Chang et de Marco)

La Colonie du lac Perdu

(Les aventures de Chang et de Marco)

▼

Anne Richter

À Yves avec toute mon affection

La Colonie du lac Perdu
Richter, Anne
Collection L'Heure Plaisir

Directeur de la collection : Yves Lizotte
Illustrations de la couverture : Pierre Bourgouin

ISBN : 0-03-927454-3
Dépôt légal – 4e trimestre 1993
Bibliothèque nationale du Québec
Bibliothèque nationale du Canada

1 2 3 4 96 95 94 93

Table des chapitres

▼

Liste des personnages de ce récit

▼

Au besoin, consulte cette liste pour retracer l'identité d'un personnage.

Personnages principaux :

Steve Chang : un Chinois d'origine vietnamienne, compagnon d'aventures de Marco et maître des arts martiaux.

Marco Dubé : le compagnon d'aventures de Chang.

Personnages secondaires :

Catherine Lebeau : sergent de police.

Daniel Tonnerre : l'homme de charge de la colonie du lac Vert.

Robert Morel : le directeur de la colonie de vacances.

Joshka : le conducteur d'un véhicule tout terrain.

Tammy et Vanessa : les jumelles.

Chapitre 1

Une mystérieuse disparition

– Maintenant que nous sommes dans la place, murmure Chang à Marco, il s'agit d'ouvrir l'œil, et le bon!

– Tu crois que cela suffira?

– N'oublie pas que nous nous sommes inscrits à cette colonie de vacances pour élucider le mystère de la disparition de notre ami Jean-Philippe.

– Comment puis-je l'oublier, Chang? Tu sais bien à quel point cette disparition m'a bouleversé.

– Jean-Philippe n'est pas le premier garçon à disparaître durant un séjour au

lac Vert. C'est le troisième en dix ans. Il y a de quoi se poser de sérieuses questions, non?

– Oui, rétorque Marco en bâillant. Je n'aime pas cela.

Le garçon suit son groupe, les Ratons laveurs, qu'encadre Chang, leur athlétique moniteur. Il se dirige lentement vers la salle de bains afin de procéder à ses ablutions matinales.

En se brossant les dents, il contemple machinalement son reflet dans la glace. Il y voit un gros garçon à l'imposante tignasse rousse flamboyante, pratiquement impossible à discipliner, et aux yeux bouffis par le manque de sommeil et l'inquiétude.

Il songe à son ami Jean-Philippe, qui avait pratiquement le même âge que lui au moment de sa disparition, l'année précédente.

Une enquête avait alors été instituée, mais n'avait, jusqu'à ces dernières semaines, abouti à aucun résultat. Une filature avait amené les policiers de la Sûreté du Québec, chargés de l'enquête, à s'intéresser de près à la colonie de vacances du lac Vert.

Comme la situation devenait de plus en plus délicate, le directeur de la Sûreté, un ami de Wen Siu-chai, l'oncle de Chang, l'avait approché pour lui demander si son neveu accepterait un poste de moniteur afin d'observer officieusement les allées et venues du personnel. Chang s'était empressé d'accepter la proposition. Rompu aux arts traditionnels de combat, le jeune Chinois accueillait toujours avec joie la perspective d'un peu d'action.

Lorsqu'il avait fait part des intentions de son oncle à son ami Marco Dubé, le garçon avait tout de suite proposé de l'accompagner en s'inscrivant comme vacancier. Après quelques hésitations parce qu'elles ne croyaient pas réellement à l'importance de la piste, les autorités avaient accepté et même facilité l'inscription des deux adolescents.

– Allons les Ratons laveurs! Dépêchons!

La voix de Chang retentit, pressant les garçons de finir leur toilette pour se rendre au réfectoire.

Marco se hâte de se rincer la bouche pour rapporter sa trousse de toilette au dortoir et la ranger dans sa table de chevet. Il se dirige ensuite avec son groupe vers la cantine afin d'y prendre un copieux petit déjeuner. Comme tous les matins, il meurt littéralement de faim!

Il avale son sixième toast au beurre d'arachide lorsque Chang s'approche pour lui murmurer à l'oreille :

– Tu vois ce drôle de type là-bas, près de la cuisine?

Le jeune garçon, la bouche encore pleine, se retourne vivement et observe le curieux individu que Chang a repéré.

Vêtu d'une salopette neuve et d'une chemise à carreaux rouges et blancs, l'homme regarde la grande salle où les enfants achèvent de prendre leur premier repas de la journée.

Marco est tellement fasciné par l'étonnante physionomie du personnage qu'il en oublie de mastiquer. L'homme est petit mais trapu. Ses jambes, fortement arquées, supportent un torse long aux larges épaules osseuses.

Mais ce qui impressionne le plus le garçon, c'est le faciès étrange de l'individu. L'homme possède une grosse tête massive, dodelinant sans arrêt. Des cheveux de jais, épais et raides, encadrent un visage sombre où roulent deux yeux noirs et brillants comme des éclats d'obsidienne. Une forte mâchoire, légèrement proéminente, un front bombé et des arcades sourcilières broussailleuses achèvent de donner à l'individu l'air d'un homme de Neandertal.

– Brrr! chuchote Marco la bouche encore pleine. D'où sort ce type? De la préhistoire?

– Curieux, non? admet Chang. C'est Daniel Tonnerre, l'homme à tout faire.

À demi rassurés, les deux amis regardent l'individu tourner le dos à la salle et disparaître par la porte arrière de la cuisine.

– Je n'ai plus faim, soupire Marco en abandonnant sa dernière moitié de toast. Je me demande si notre idée de nous inscrire ici était si bonne.

– Tu ne vas pas me dire que tu as envie de reculer maintenant?

– Si la police n'a rien découvert après des mois d'enquête, tu crois que nous ferons mieux? Et puis, ajoute le garçon, j'ai toujours détesté les colonies de vacances... On n'a jamais une minute à soi!

– Courage! murmure Chang en lui posant une main sur l'épaule. Songe à Jean-Philippe. Il faut savoir ce qui lui est arrivé.

– Tu as raison, répond Marco en se levant pour aller ranger sa vaisselle sale.

La pensée de son ami disparu lui redonne un peu d'énergie et de courage. Il est le dernier du groupe des Ratons laveurs à quitter le réfectoire. Il songe avec horreur à la partie de volley-ball qu'il doit disputer et aux activités nautiques qui suivront, puis à la longue marche en forêt prévue dans l'après-midi. Il sort en soupirant.

Marco a toujours détesté l'exercice physique forcé et il se dit que cette nouvelle enquête promet de ne pas être de tout repos!

Traînant les pieds, il se dirige lentement vers le terrain de volley-ball.

Un bruit le fait sursauter. Il se retourne brusquement et observe les alentours. Au loin, il entend les cris des autres adolescents qui, divisés en équipes, s'apprêtent à jouer.

Autour de lui, près du chalet, tout est calme et silencieux.

Un bruissement derrière le grand sapin ombrageant le bâtiment qui abrite le réfectoire le fait de nouveau tressaillir. Retenant son souffle, Marco regarde dans cette direction et aperçoit la silhouette reconnaissable entre mille de l'homme à tout faire.

Posté à l'abri du vieil arbre, le drôle de personnage observe longuement Marco de ses yeux perçants. Surpris, il fait demi-tour et monte dans sa camionnette garée à proximité. Semblant pressé de déguerpir, il démarre en trombe et fonce vers la sortie, laissant derrière lui un épais nuage de poussière.

Chapitre 2

Le filet se resserre

Intrigué par le comportement suspect de l'homme à tout faire, Marco s'empresse de rejoindre Chang et le groupe des Ratons laveurs sur le terrain de volley-ball.

Le garçon voudrait faire part à son ami des craintes qu'il nourrit à l'égard de l'étrange individu au physique d'homme préhistorique. Hélas! l'Asiatique, responsable du groupe, est complètement absorbé par sa tâche et ne peut accorder un instant d'attention à son jeune compagnon d'aventures.

Marco doit donc se résigner à jouer

une partie de ballon et à attendre le moment propice pour parler à Chang de ses soupçons.

* * *

En nage, le visage cramoisi, Marco accueille avec soulagement la fin du match. Il peut enfin s'approcher de son ami et lui glisser quelques mots à l'oreille.

– Chang! dit Marco le souffle encore court. Tu sais, le bonhomme du réfectoire?

– Eh bien? demande l'Asiatique, les yeux tournés vers le groupe de garçons qui s'apprêtent à se rendre au lac pour une excursion en canot.

– Eh bien? répète Marco que l'attitude de son ami rend plus impatient encore. Eh bien, figure-toi qu'il m'espionne!

Incrédule, Chang se retourne en riant vers son compagnon.

– Tu lis trop de romans d'aventures, Marco. Ça te joue des tours.

– Écoute-moi, Chang. C'est vrai, je te le jure! Il était caché derrière le grand sapin du réfectoire et...

– Tout le monde se regroupe à présent. Nous allons au lac! crie Chang à l'adresse des Ratons laveurs.

Sans plus écouter son jeune ami, il prend la tête du groupe et se dirige d'un pas décidé vers le lac.

Bouleversé, Marco voudrait crier, le retenir, lui rappeler qu'«il faut ouvrir l'œil, et le bon!» comme se plaît à lui répéter si souvent l'Asiatique. Peine perdue! Chang a déjà disparu au détour des courts de tennis.

Marco sent les larmes lui monter aux yeux et la rage l'étouffer. Le Chinois est tellement absorbé par sa tâche de moniteur qu'il semble avoir oublié pourquoi ils sont venus ici.

Tout en donnant des coups de pied rageurs aux pierres qui garnissent le chemin, le jeune garçon, plein d'amertume, se dirige à son tour vers le lac.

La colonie retentit des cris joyeux des adolescents excités de partir en canot. Marco se sent seul. Il a peur et n'éprouve aucune envie de rire ou même simplement de s'amuser.

Le chemin qu'il emprunte est désert à présent. Il écoute le vent dans les arbres. Au-dessus de sa tête, le ciel se couvre légèrement et de gros nuages blancs s'amoncellent au loin.

– Il ne manquerait plus qu'il pleuve! soupire-t-il.

Il s'arrête soudain, l'oreille aux aguets. Il a entendu le gravier crisser derrière lui. Il se retourne, mais le chemin est désert.

– Chang a probablement raison, se murmure-t-il à lui même. Je lis trop de romans d'aventures.

Il continue d'avancer à petits pas sur le sentier qui mène au plan d'eau.

À un détour du chemin, il aperçoit enfin le lac, une étendue d'eau noire moirée de soleil et sertie dans des montagnes sauvages aux rebords abrupts.

Les Ratons laveurs sont déjà installés dans des canots verts ou rouges et s'apprêtent à quitter la rive.

– Dépêche-toi, Marco! hurle Chang en lui adressant un grand signe de son bras libre.

– J'arrive, j'arrive... marmonne le garçon.

Marco déteste l'eau et l'idée de passer plusieurs heures à pagayer le laisse plutôt froid.

C'est pourtant avec terreur qu'il regarde Chang et son groupe s'éloigner

des berges sans même l'attendre.

Rassemblant tout son courage, il s'approche lentement de la seule embarcation qui reste, un petit canot rouge à une place. Il se penche pour vérifier si l'aviron se trouve bien en place, au fond du canot.

Au même moment, il entend des bruits de pas sur la grève. Quelqu'un s'avance furtivement vers lui. Il veut se relever pour voir qui peut bien s'approcher ainsi en catimini, mais il est violemment arrêté dans son geste.

Une main puissante le plaque lourdement contre l'embarcation, l'obligeant à demeurer plié en deux. Marco veut crier, mais il suffoque et aucun son ne sort de sa bouche. Il se débat, tente d'échapper à l'étreinte de son agresseur qui la resserre aussitôt. Une autre main puissante presse fortement la bouche de Marco, l'empêchant ainsi de crier.

Le jeune garçon se sent soudain soulevé comme un vulgaire sac de pommes de terre. Il se débat, mais bien inutilement.

Il est entraîné à l'abri des grands pins qui bordent le lac. Là, un complice tapi dans l'ombre lui applique un tampon imbibé de chloroforme sur la bouche et le nez.

Marco se tortille, essaie d'agiter les pieds et les mains, mais il est trop solidement retenu. L'odeur du chloroforme lui tourne la tête. La cime des arbres semble tournoyer rapidement, puis se fondre dans un brouillard de lumière et d'ombre. Le cœur lui soulève. Il hoquette, mais la main maintient implacablement le tampon sur son visage.

Soudain, c'est le noir. Marco se sent emporté dans un long tunnel sans fin. Son corps heurte violemment quelque chose de dur. Des portes claquent; il entend le vrombissement d'un moteur. Puis, plus rien. Rien que le noir total de la profonde inconscience où sombre le jeune adolescent.

Chapitre 3

D'inquiétants soupçons

Inquiet de ne pas voir Marco rejoindre rapidement le groupe des Ratons laveurs, Chang se tourne vers la rive. Il assiste alors, impuissant, à l'enlèvement de son ami.

– Lâchez-le! Lâchez-le! hurle-t-il au malfaiteur qu'il reconnaît aussitôt, malgré la distance, à sa silhouette caractéristique.

Sa voix se perd dans l'immensité du lac qui l'entoure. Sans hésiter, Chang ordonne au groupe de faire demi-tour et de regagner la berge à toute vitesse. Ne comprenant rien à l'attitude de leur moniteur, les Ratons laveurs hésitent quelques instants avant d'obtempérer aux ordres, croyant d'abord à une plaisanterie.

Mais devant le visage tendu et sérieux du Chinois, ils réalisent bien vite que quelque chose de grave vient de se produire.

– Demi-tour! crie l'un d'eux, faisant ainsi écho aux ordres de son moniteur.

Aussitôt, toutes les embarcations effectuent presque simultanément la même manœuvre et virent de bord, trop lentement au goût de Chang. Sans attendre, l'Asiatique plonge dans l'eau profonde et nage à toute vitesse vers la rive afin de porter secours à son ami qu'on enlève comme un fétu de paille.

Chang nage parfaitement le crawl, mais malgré sa rapidité, il arrive trop tard pour sauver son compagnon. Lorsqu'il atteint enfin la rive, bien avant l'accostage des canots, il perçoit nettement le bruit d'un véhicule qui s'éloigne rapidement.

Avec toute la vitesse dont il est encore capable après le violent effort qu'il vient de fournir, Chang s'élance vers la pinède où Marco a été entraîné.

Des traces de pas bien nettes sont

encore visibles sur le sable jonché d'aiguilles de pin. Plus loin, sur la route, de profondes marques de pneus ne laissent aucun doute : Marco a bien été enlevé à bord d'un puissant tout terrain remarquablement adapté aux petites routes de campagne.

– Non, ce n'est pas vrai! se répète inlassablement Chang.

Il s'en veut de ne pas avoir été plus vigilant, de ne pas avoir pris Marco au sérieux quand il tentait de lui faire part de ses craintes et de ses soupçons. Maintenant, il est trop tard pour les regrets.

Sans s'étendre sur les détails, Chang rassemble son groupe en hâte et le ramène au pas de course vers le centre administratif. Les idées se bousculent dans sa tête.

Qui peut bien avoir enlevé Marco? Dans quel but? Les parents de son ami sont des gens ordinaires, ni célèbres ni fortunés. Une demande de rançon est donc écartée. Alors pourquoi?

Marchant d'un pas vif, courant presque, le Chinois fonce à toute allure sur la petite route de terre à présent inondée de soleil. Il se soucie peu du groupe qui a peine à le suivre.

«Qui sont ces gens qui osent enlever de jeunes adolescents en plein midi, pratiquement au vu et au su de tout le monde?» songe Chang, bourrelé de remords.

Il pénètre en trombe dans le bureau du responsable après avoir enjoint sa troupe de l'attendre à l'extérieur. Sentant que quelque chose de grave s'est produit, dont seul Chang a été le témoin, les Ratons laveurs se gardent bien de protester ou de désobéir. Ils attendent bien sagement le retour de leur moniteur, parlant à mi-voix, émettant les suppositions les plus invraisemblables.

– Marco Dubé vient d'être enlevé, en plein midi, sur la rive du lac! annonce sans ambages le Chinois au responsable.

– Quoi? Que me chantes-tu là? s'écrie Robert Morel en se redressant.

– Je dis : Marco Dubé a été enlevé pratiquement sous mes yeux et je n'ai rien pu faire, répète Chang en se laissant choir sur une chaise.

– Ça n'a aucun sens, Chang. Le soleil t'a tapé sur la tête ou quoi? demande le responsable dont le visage s'est subitement empourpré.

Sans rien dire, le Chinois observe longuement Robert Morel, s'attardant à détailler chacun de ses traits.

Il songe soudain que le directeur de la colonie de vacances ressemble curieusement à l'homme à tout faire qui a enlevé Marco. Bien sûr, les traits du directeur sont plus fins... Pourtant, une surprenante similitude donne aux deux hommes un petit air de famille. Même grosse tête dodelinante, même front bombé, même mâchoire saillante; des cheveux de jais, des yeux rappelant des éclats d'obsidienne, une peau mate, légèrement cuivrée...

Le directeur, à présent silencieux, regarde son moniteur, un étrange sourire aux lèvres. Chang, souriant à son tour pour masquer son malaise, pense aux membres du personnel : des cuisiniers aux responsables de l'entretien des installations, tous, sans exception, ont cet indéniable air de famille.

Le Chinois sent le doute l'envahir. Un horrible doute dont il ne veut rien laisser paraître.

«Il faut jouer le jeu, songe-t-il, faire semblant de croire le directeur, admettre que je me suis probablement trompé, que Marco n'a pas été enlevé.»

– Vous devez avoir raison, Robert, finit par articuler Chang. J'ai dû mal voir.

– C'est certain, rétorque le directeur sans se départir de son énigmatique sourire. Ne t'en fais pas, je vais tout de même prévenir la police, Chang. À présent, retourne auprès de ton groupe. J'appelle tout de suite le chef de police. C'est un ami...

– Merci, Robert! répond le jeune Chinois en se levant et en s'efforçant de paraître naturel.

Sans se presser, il sort nonchalamment du bureau en regardant le directeur décrocher le combiné et composer un numéro. Il referme la porte et feint de rejoindre sa petite troupe.

Comme il se méfie de Morel, il colle son oreille contre la porte et entend distinctement la voix profonde du directeur :

– Éliminez le Chinois, il en sait trop.

Chang sait qu'il n'a pas une minute à perdre s'il veut sauver sa peau et celle de son ami Marco.

Il rejoint les Ratons laveurs et,

dissimulant ses craintes, il ordonne :

– Venez! Allons manger à présent!

Après les avoir conduits au réfectoire et les avoir secrètement confiés à un autre moniteur, Chang s'empresse d'aller dans sa chambre pour y prendre quelques effets personnels. Puis il s'éclipse discrètement et quitte la colonie en prenant soin d'emprunter les bois, à l'abri des regards indiscrets.

Il faut faire vite. Marco et lui courent un grave danger.

Chapitre 4

La colonie du lac Perdu

Reprenant peu à peu ses sens, Marco ouvre les yeux. Une couverture rugueuse jetée sur son corps, il est allongé face contre terre sur le plancher arrière d'un tout terrain, les mains liées dans le dos. Le véhicule cahote en progressant lentement sur un chemin forestier.

En tournant la tête, Marco peut apercevoir les arbres qui défilent lentement. Les branches basses des conifères et des feuillus raclent en sifflant les vitres teintées et les parois du tout terrain.

Marco a mal au cœur. Coincé entre les sièges avant et la banquette arrière, le

garçon tente néanmoins de se retourner afin de dégourdir un peu ses membres endoloris. Mais une violente nausée le secoue et le contraint à s'étendre de nouveau.

Hormis le frottement agaçant des branches contre la carrosserie, la voiture est silencieuse. Marco a l'impression d'être transporté à bord d'un véhicule électronique sans chauffeur.

En se tournant légèrement sur le côté, l'adolescent réussit à apercevoir la tête du conducteur : une tête massive, à l'abondante chevelure luisante, couleur de houille. La silhouette d'un deuxième passager se dessine au-dessus de sa tête; il ne peut qu'en deviner les contours.

Dans un suprême effort, Marco tente de se redresser, mais tout chavire autour de lui et il doit se recoucher prestement.

– Tiens! On dirait que notre petit ami reprend ses sens.

Un des deux ravisseurs se penche alors vers lui. Marco sursaute en reconnaissant Daniel Tonnerre, l'inquiétant homme à tout faire.

– Ce n'est pas trop tôt, marmonne le conducteur en jetant un coup d'œil dans son rétroviseur. Nous arrivons.

«Nausées, étourdissements. Probablement des effets du chloroforme que ces bandits ont utilisé pour m'endormir», pense le garçon en s'efforçant de prendre son mal en patience.

– Arg hata weh.

– Bargish talag!

Les deux ravisseurs échangent quelques mots dans une langue que l'adolescent n'a jamais entendue. Le véhicule freine brusquement, des portières claquent et Marco se sent brutalement tiré par deux mains vigoureuses.

Le malheureux garçon a tant de mal à tenir sur ses jambes flageolantes que les étrangers doivent le soutenir.

– Bienvenue à la colonie du lac Perdu! dit le conducteur d'une voix grave où perce une pointe d'ironie qui donne froid dans le dos.

Une éclaircie dans la forêt permet à Marco, glacé d'effroi, de découvrir un étonnant paysage : un lac de forme bizarre, niché au cœur d'une nature sauvage et inquiétante.

– Allons! mon garçon, ne traîne pas la patte ainsi. Avance! ordonne Tonnerre sans aménité.

Les ravisseurs contraignent Marco à marcher plus rapidement. Abandonnant le chemin, ils suivent un layon qui s'enfonce dans les arbres. Après une courte marche forcée d'une centaine de mètres, ils aboutissent au bord du lac Perdu autour duquel sont construites une centaine de demeures rustiques rappelant de pauvres chalets.

Ce curieux lac hexagonal est enserré dans une forêt dense et sombre, percée seulement par les constructions qu'elle abrite.

Toujours soutenu par ses ravisseurs, Marco continue d'avancer tout en observant le décor qui, dans d'autres circonstances, paraîtrait enchanteur.

Une étroite route de terre dessert le pourtour du lac. La petite troupe emprunte ce chemin pour se diriger vers une bâtisse triangulaire plus imposante que les autres et habilement dissimulée aux regards par de grands arbres.

Marco regarde furtivement autour de lui. Le lieu semble totalement déserté. Pourtant, en passant devant les chalets, il remarque des ombres qui se profilent derrière chaque fenêtre. On l'épie, on

l'observe sans oser se montrer.

«Qui sont donc ces gens?» se demande le garçon avec angoisse. Jusqu'ici, il n'a guère eu le temps de réfléchir.

Trois marches en pierre mènent à l'entrée du bâtiment principal fermé par deux grandes portes de verre qui s'ouvrent automatiquement devant eux.

Ils pénètrent dans un hall immense, froid et dépouillé, faiblement éclairé par des appliques aux formes surprenantes. Entraînant leur prisonnier, les deux hommes, dont les pas lourds résonnent sur les dalles de pierre, se dirigent à l'autre extrémité vers une porte de bronze ornée d'étranges sculptures effroyablement hideuses.

Sidéré, Marco admire la richesse du lieu et des matériaux utilisés. De l'extérieur, le bâtiment, construit de bois rugueux mal équarri, ne laisse nullement deviner un tel luxe.

«Pourquoi? s'interroge le garçon. Que se cache-t-il ici?»

Il n'a pas le loisir de se poser davantage de questions. Après avoir frappé trois longs coups, puis deux brefs contre le battant de la porte de bronze, elle s'entrouvre lentement, révélant un escalier de béton s'enfonçant dans la terre.

Affolé à l'idée de s'engouffrer dans les profondeurs et d'y disparaître à tout jamais, Marco résiste et tente d'échapper à ses ravisseurs. Il donne un coup de pied sur la cheville du conducteur, un autre dans le tibia de Daniel Tonnerre. Les hommes poussent tour à tour un juron, mais resserrent leur poigne sur les bras de Marco qui hurle de douleur.

– Ne recommence pas cela, petit, sinon... le met en garde le conducteur qui ressemble comme un frère à l'homme de charge du lac Vert.

– Joshka a raison, enchaîne ce dernier en se massant la jambe. Ne joue pas à ce jeu-là avec nous.

Redevenus silencieux, ils forcent Marco à descendre les marches raides de l'escalier.

L'adolescent est désespéré. Il se sent perdu, abandonné à la merci d'inquiétants étrangers dont il ignore les intentions sûrement malveillantes.

Le cœur oppressé, encore légèrement étourdi par les vapeurs du chloroforme,

il descend une à une les marches qui le conduisent à ce qu'il croit être non sans raison sa dernière destination.

Chapitre 5

Le temps presse

À l'abri dans le sous-bois entourant la colonie du lac Vert, Chang sort un émetteur-récepteur portatif de son sac à dos.

– Allo! Allo! Gros-porteur à Navette. Gros-porteur à Navette. Répondez...

Un grésillement se fait entendre, suivi de la voix de Catherine Lebeau, sergent à la Sûreté du Québec.

– Navette à Gros-Porteur. J'écoute.

– Tenez-vous prêt. J'arrive. Il y a du nouveau.

– Compris. Au point de rendez-vous.

Tenant toujours son émetteur à la main, le Chinois se met en route vers la

sortie de la colonie où doit l'attendre son contact.

Depuis l'arrivée des deux adolescents au centre de vacances du lac Vert, un agent de la Sûreté, installé à bord d'une voiture banalisée, patrouille en permanence aux abords des lieux.

Jusqu'à maintenant, l'enquête demeurait non officielle, ne reposant que sur de vagues soupçons à l'endroit des propriétaires et dirigeants de la colonie de vacances. Malheureusement, l'enlèvement aussi soudain qu'imprévisible de Marco Dubé vient tragiquement confirmer ces soupçons.

À demi courbé, se frayant habilement un chemin entre les branches basses du sous-bois, Chang, sans être vu, débouche rapidement sur le bord de la petite route de terre desservant l'endroit.

Ponctuelle et efficace comme à son habitude, le sergent Lebeau attend à bord de son véhicule dont le puissant moteur tourne régulièrement. L'Asiatique monte à bord et claque la portière.

– Salut Chang!

– Bonjour sergent...

L'air inquiet, Catherine Lebeau attend

que le jeune Chinois lui explique la raison de ce rendez-vous inattendu. Ses lèvres minces, bien dessinées, sont si serrées qu'elles traduisent son angoisse.

– On a enlevé Marco il y a trois quarts d'heure à peine, pratiquement à mon nez et à ma barbe!

L'expression donne à sourire devant le menton imberbe de Chang, mais le sergent Lebeau n'a nulle envie de rire. Elle espérait presque que les soupçons ne seraient pas fondés. Toutefois, devant un enlèvement aussi audacieux, la policière expérimentée ne peut que frémir. Elle sait qu'elle a affaire à forte partie, mais elle ne veut pas inquiéter inutilement le jeune Chinois. C'est pourquoi elle répond d'un ton faussement désinvolte :

– Ils ne vont pas garder longtemps Marco Dubé. Ils s'en lasseront!

Elle démarre aussitôt en évitant de regarder Chang qui visiblement ne goûte pas la plaisanterie. Marco, comme tous les garçons de son âge, peut parfois être exaspérant, mais il demeure son meilleur ami et le Chinois est prêt à déployer tout son courage et toute son audace pour le

retrouver et le tirer des griffes des malfaiteurs sans scrupules.

Conduisant habilement sur le chemin cahoteux et poussiéreux, le sergent Lebeau file à toute allure vers le terrain d'aviation le plus proche où l'attend un hélicoptère avec son pilote sur le pied d'alerte depuis une semaine.

– Nous ne nous attendions pas à ce qu'ils passent à l'attaque aussi vite, murmure la policière comme pour elle-même.

Chang fixe la route, tendu et silencieux.

– En fait, reprend le sergent, nous ne nous attendions pas du tout à ce qu'ils passent à l'action... Nous n'avions que des présomptions, de vagues soupçons...

– Où les retrouver, maintenant? demande Chang d'une voix blanche. Dans quelle direction chercher? La forêt est immense, les montagnes, sauvages.

- Nous avons notre petite idée. Après des mois d'enquête et de filature, nous avons réussi à repérer une bande suspecte...

Elle s'arrête de parler pour braquer brusquement sur la droite et pénétrer en

trombe sur le petit terrain d'aviation pratiquement désert. Tenant le volant d'une main, elle prend contact avec le pilote qui se tient toujours prêt à intervenir.

Dès que la communication est coupée, Chang le voit sortir en courant d'un petit bâtiment bas et se précipiter vers l'hélicoptère de la Sûreté dont les pales se mettent bientôt à tourner, lentement d'abord, puis de plus en plus rapidement.

Dans un nuage de poussière, Lebeau arrête son véhicule près de l'appareil pour s'y précipiter à son tour. Chang la talonne. Il sait bien que chaque minute compte.

Ils prennent place à bord, le sergent Lebeau assise devant et Chang derrière. Le pilote, dont les verres fumés reflètent les visages anxieux de ses passagers, décolle aussitôt, connaissant les ordres d'avance.

Chang voit le bâtiment administratif et la piste rapetisser à vue d'œil. Puis l'appareil survole l'immensité de la forêt.

Les deux policiers échangent quelques paroles que Chang ne peut entendre à cause du bruit du moteur, puis l'hélicoptère se couche brusquement sur la droite, en direction plein nord.

Le sergent Lebeau se retourne et esquisse un sourire encourageant. S'efforçant de couvrir le bruit du rotor, elle dit à l'adolescent :

– Plus au nord, il y a des montagnes élevées. Nous croyons que les suspects ont pu y trouver refuge ou même y établir un abri permanent.

Après un moment de silence pendant lequel ils observent le dense tapis de verdure qui se déroule à perte de vue sous eux, le sergent reprend :

– Tout porte à croire qu'ils se trouvent dans les environs du lac Perdu.

– Vous n'en êtes pas certains? crie Chang à son oreille.

La policière fait une moue avant de répondre :

– Toutes les recherches aboutissent en cul-de-sac autour du lac Perdu. C'est là qu'il faut fouiller.

Et elle se retourne pour échanger à nouveau quelques mots avec le pilote.

Le terrain qu'ils survolent devient soudainement plus montagneux, la forêt, plus impénétrable encore.

Le sergent Lebeau fait signe à Chang de se pencher et de regarder sur sa gauche.

– Le lac Perdu, annonce-t-elle simplement.

Le jeune Chinois découvre avec horreur une immense étendue d'eau noire, de forme hexagonale, rappelant funestement une tête de mort.

Chapitre 6

Un culte millénaire

Après avoir descendu un interminable escalier en colimaçon, Marco et ses ravisseurs débouchent enfin dans un corridor obscur, creusé à même la montagne.

Encore tout retourné par les tragiques événements qui se sont bousculés au cours des dernières heures, Marco se sent faible et fatigué. Il voudrait arriver quelque part où il pourrait se reposer un peu et surtout avaler un morceau. Il n'a rien mangé depuis le matin et il se sent faible.

– Avance! ordonne Daniel Tonnerre en le bousculant. Arrête de traîner la

patte. Tu n'espères tout de même pas qu'on te porte en plus!

À cet instant, Marco regrette amèrement d'avoir insisté pour accompagner Chang dans l'enquête du lac Vert. Il aurait mieux fait de rester chez lui à lire un bon roman d'aventures.

Trêve de regrets! La petite troupe est arrivée au bout du corridor qui aboutit sur une paroi rocheuse et se termine en cul-de-sac.

Les malfaiteurs s'immobilisent et se tiennent devant le mur de granit. Étonné, Marco les regarde. Ils paraissent attendre quelque chose. Immobiles, le visage hermétique, ils fixent bizarrement le roc qui leur barre la route.

Au bout de quelques instants, la muraille coulisse silencieusement, révélant une immense grotte souterraine. Ils y pénètrent aussitôt.

La paroi se referme derrière eux, aussi silencieusement qu'elle s'était ouverte. Marco ne le remarque même pas. Il contemple, ahuri, le spectacle qui s'offre à ses yeux.

Des centaines de torches accrochées aux parois granitiques ainsi qu'une

gigantesque vasque, où brûlent en sifflant de grandes flammes rouges et bleues, éclairent brillamment l'immense caverne.

Le rougeoiement des flammes sur les murs sombres confère au lieu un aspect inquiétant et mystérieux. Rassemblés autour de la vasque, une trentaine de personnes accoutrées de larges tuniques aux couleurs chatoyantes attendent l'arrivée de la petite troupe.

Toujours encadré par ses deux ravisseurs, Marco traverse l'impressionnante salle qu'il observe à la dérobée. Derrière la vasque, il découvre avec horreur un autel sculpté à même un immense bloc de granit noir sur lequel repose un coutelas finement ouvragé et un grand récipient en or ciselé.

– Akash Bakli!

Ces paroles, qui résonnent étrangement aux oreilles de Marco, accueillent le petit groupe au moment où celui-ci s'immobilise devant l'autel, face à l'assemblée.

– Aka! Aka! répondent successivement Tonnerre et Joshka qui se tiennent respectueusement immobiles.

Marco voit alors s'avancer vers lui une

vieille femme au visage ratatiné comme un raisin de Corinthe et tout aussi foncé. Pieds nus, vêtue d'une ample aube pourpre et or, elle fixe le jeune garçon de ses yeux noirs et perçants comme des alènes.

– Sois le bienvenu au temple du lac Perdu, dit-elle.

Sa voix basse est chaude et métallique. Elle pourrait être agréable, mais Marco ne peut s'empêcher de frémir en l'entendant. Affolé, il contemple un instant tous ces visages étrangers qui le regardent fixement. Ils se ressemblent tous et paraissent sortis tout droit d'un autre âge.

Marco regarde autour de lui, cherchant le moyen de fuir et de sauver sa peau.

– Il n'y a pas d'issue possible, ricane la vieille prêtresse.

Sa voix résonne comme un glas aux oreilles du garçon incrédule.

– Tu as été choisi. Comme tous les autres garçons qui t'ont précédé, tu seras sacrifié au Soleil ce soir, dès que l'astre de vie sera disparu derrière la montagne de l'ouest. Tahkamohn!

D'un geste théâtral, elle signifie aux

ravisseurs d'emmener le prisonnier. Les deux disciples s'exécutent silencieusement après s'être profondément inclinés devant la grande-prêtresse.

– Non! Non! crie Marco qui tente de se dégager de l'étreinte des deux bourreaux.

Excédés par cette faible tentative de rebellion, ils l'empoignent fermement par les pieds et la tête avant de l'entraîner sans ménagement à l'autre extrémité de la grotte gardée dans l'ombre.

Marco se débat, bien inutilement, avec toute la force du désespoir qui l'habite.

Malgré ses véhémentes protestations, les deux fanatiques finissent par l'enfermer dans une cage en fer qu'ils verrouillent soigneusement. Puis ils s'éloignent, insensibles aux cris lamentables du garçon.

Agrippé de toutes ses forces aux barreaux de sa prison, Marco les secoue et tente de les arracher. Après s'être ainsi vainement épuisé, il se laisse choir lourdement sur le sol de pierre et se met à sangloter. Bientôt, il n'a plus ni la force ni même les larmes pour pleurer.

Résigné, il regarde l'autel et le coutelas

d'or qui reflète les flammes bleues et rouges dansant dans la vasque.

Dans quelques heures à peine, le soleil disparaîtra derrière les montagnes. Comment espérer sortir vivant de cet enfer?

Il songe à son ami Jean-Philippe qui a péri sous le couteau d'or, puis à Chang. Est-il encore en vie? Même si c'était le cas, comment pourrait-il le retrouver dans un endroit pareil?

«Impossible, pense Marco. Personne ne peut imaginer une histoire pareille à notre époque.»

Épuisé par tant d'émotions, il finit par s'endormir à même le sol, un bras replié sous sa tête. Il glisse dans un profond sommeil sans rêve, jusqu'à ce qu'une petite voix inconnue l'appelle par son nom et le force à se lever.

Chapitre 7
Prisonnier

Étonné de s'entendre appeler par son nom, Marco se réveille brutalement. Pendant quelques secondes il a du mal à reconnaître les lieux où il se trouve, croyant se réveiller au dortoir de la colonie de vacances. Puis, soudain, les brumes du sommeil se dissipent et tout lui revient brusquement en mémoire.

Effrayé, il regarde autour de lui. La caverne semble déserte et silencieuse. La cage où il est emprisonné est plongée dans la pénombre qui l'empêche de distinguer ce qui l'entoure.

Toutefois, il entend un bruissement

derrière lui; il se retourne vivement. Une ombre silencieuse s'approche précautionneusement.

Marco recule, méfiant. Une petite voix répète son nom et chuchote :

– N'aie pas peur.

– Qui êtes-vous? demande le garçon qui sent sa gorge se nouer. Que me voulez-vous?

– Chut! Ne fais pas de bruit. Je dois me dépêcher. Il ne nous reste que deux heures avant le coucher du soleil, répond la voix.

– En quoi cela me regarde-t-il? interroge Marco avec humeur. Si profondément enfermé au fond de la terre, je me fous pas mal des couchers de soleil!

– Ne pose pas de questions, sinon nous perdrons un temps précieux. Il faut simplement me faire confiance. Je ferai tout en mon pouvoir pour te sortir d'ici.

– Sortez d'abord de l'ombre que je vous voie, rétorque brutalement Marco. Je n'ai confiance en personne ici.

La sombre silhouette s'avance dans un léger froufroutement de vêtements, une petite lampe à la main. Surpris, Marco sursaute en voyant apparaître devant lui le visage d'une adolescente de son âge.

– Qui es-tu? demande le garçon en s'approchant d'elle.

– Mon nom est Tammy. Je veux t'aider à sortir d'ici sain et sauf. Tu dois me faire confiance.

Marco fixe un instant les yeux noirs de la jeune fille qui brillent à la lueur de la lampe. Son regard est franc et honnête. Le garçon se sent tout de suite en confiance. Cette fille est peut-être sa seule chance de salut.

– Que dois-je faire? demande-t-il une fois sa décision prise.

À ce moment, des chants psalmodiés se font entendre à l'autre extrémité de la grotte. Marco se retourne pour voir entrer un cortège de chanteurs qui prend place en demi-cercle autour de la vasque centrale.

Terrifié, le jeune adolescent reconnaît la trentaine de personnes bizarrement accoutrées qui l'ont accueilli à son arrivée dans la grotte.

– Qui sont ces gens? souffle Marco. Que font-ils?

– Ils composent le chœur. Ils se

préparent pour le sacrifice qui doit avoir lieu dès le coucher du soleil, répond Tammy d'une voix tremblante.

– Le... Le sacrifice... répète Marco, terrorisé. Oh! Maman! Sors-moi de là, Tammy!

– Je ne peux pas. Les barreaux de ta cage sont solides et je n'ai pas encore pu me procurer la clef. Sois patient.

– Patient! hurle presque Marco au bord des larmes.

– Chut! Pas si fort!

– On voit bien que ce n'est pas toi qui es enfermée ici et promise au sacrifice!

Au même moment une assemblée de fidèles, hommes et femmes vêtus de la même aube orangée, font leur entrée dans la grotte et entourent l'autel, face au chœur.

– La cérémonie va bientôt commencer, murmure Tammy. Je dois partir à présent.

– Oh! non! Tammy, ne me laisse pas tout seul, je t'en prie! supplie Marco en tremblant comme une feuille.

– Il le faut. Mon absence risque d'être remarquée. Reste tranquille...

– Facile à dire! coupe le garçon au bord de la crise d'hystérie.

– Tu ne risques rien pour le moment, Marco. Tu peux me croire.

– Tu ne pourras jamais me faire sortir d'ici à temps, Tammy. C'est fichu, murmure Marco d'une voix presque inaudible.

Les psalmodies du chœur, auxquelles répond l'assemblée des fidèles, s'enflent et font résonner la grotte au son d'une mélopée étrange et inquiétante. Des tambours graves accompagnent ces chants sinistres venus tout droit d'un autre âge, emplissant la caverne d'un battement profond et régulier.

Marco sent ses cheveux se hérisser sur sa tête. Il se bouche les oreilles pour assourdir les vibrations de cette effrayante musique qui lui donne la chair de poule.

Se cognant la tête contre les barreaux, il prend soudain conscience de la disparition de Tammy. Marco se retrouve seul, enfermé sous terre, sur le point d'être sacrifié au soleil couchant par une bande de fanatiques dont les voix font trembler les murs de la terrible caverne où semblent brûler tous les feux de l'enfer.

Chapitre 8

La secte du Soleil couchant

Après avoir laissé l'hélicoptère dans la clairière où les ravisseurs de Marco Dubé ont abandonné leur véhicule, les deux policiers toujours accompagnés de Chang découvrent la piste qui conduit, à travers la forêt, jusqu'au lac Perdu.

– Nous allons attendre l'arrivée des renforts qui ne sauraient tarder, dit le sergent Lebeau.

– Attendre! hurle Chang. C'est impossible! Il faut y aller tout de suite. La vie de Marco est peut-être en danger.

– J'ai alerté mes confrères de la Sûreté.

Ils connaissent notre position. Ils devraient nous rejoindre d'ici une heure ou deux maximum.

– Une heure ou deux! répète Chang incrédule.

Arpentant rageusement l'entrée de la piste, il ajoute :

– Attendez si vous voulez. Moi, je n'ai pas d'ordre à recevoir. J'y vais!

Avant même que les deux policiers aient le temps de réagir, l'Asiatique s'élance dans la forêt en direction du lac.

Ne pouvant laisser l'adolescent courir seul un tel risque, le sergent Lebeau part à ses trousses. Auparavant, elle enjoint le pilote de surveiller l'hélicoptère et d'attendre les renforts afin de leur indiquer le chemin qui mène à la colonie du lac Perdu.

Le layon est bien entretenu et le sergent Lebeau a vite fait de rattraper le Chinois avant qu'il ne débouche au bord du lac.

– Restons à couvert, murmure-t-elle. Nous ne savons pas ce qui nous attend...

– Vous devez bien avoir votre petite idée là-dessus, répond ironiquement Chang. Je crois que vous en savez plus

que vous ne le laissez entendre. Je me trompe?

Catherine Lebeau adresse à l'adolescent un sourire éloquent.

– Oui, nous en avons appris pas mal au cours des derniers mois. En fait, cela paraît tellement incroyable que nous avons éprouvé de la difficulté à prendre au sérieux les informations recueillies.

– Que voulez-vous dire? demande Chang de plus en plus intrigué.

– Si nos renseignements sont exacts, nous avons affaire à une secte d'adorateurs du soleil couchant...

– Quoi? s'écrie le jeune Asiatique. Ça n'a pas de sens!

Il observe le visage de Catherine Lebeau qui ne semble aucunement plaisanter. Ses traits sont tendus et elle paraît nerveuse.

– Nous étions tout aussi incrédules au début. Cela nous paraissait insensé, mais nous avons dû nous rendre à l'évidence. Nous avons réellement affaire à une secte ultrasecrète, qui remonterait à la nuit des temps. Toute tentative d'infiltration s'est avérée infructueuse.

– Comment cela? s'inquiète Chang.

Un rayon de soleil filtre à travers les arbres, faisant briller l'arme que porte la policière à sa ceinture.

– Nous avons perdu deux agents. Nous les avons retrouvés morts, complètement vidés de leur sang.

Malgré la chaleur de cette fin d'après-midi d'été, elle frissonne au souvenir des cadavres exsangues de ses compagnons.

– C'est terrible! Vous auriez dû nous en faire part. Si j'avais connu ces détails, jamais je n'aurais accepté que Marco se mêle de cette enquête.

– Toi, Chang, demande Catherine, tu aurais accepté cette mission?

– Moi, j'en ai vu d'autres. La perspective de ma propre mort ne m'effraie plus, rétorque le Chinois avec un triste sourire.

Après un court silence, il ajoute :

– Ce n'est pas une raison pour risquer celle des autres.

– Viens, répond simplement le sergent Lebeau. Ne perdons pas de temps. D'après nos renseignements, nous devons retrouver Marco avant la fin du jour, sinon...

– Sinon?

– Eh bien, les chances de retrouver Marco Dubé vivant deviendront bien minces.

– Comment le savez-vous puisque vous n'avez jamais réussi à infiltrer le milieu?

Retenant une branche basse qui obstrue le chemin, la policière rétorque :

– Parce que nous avons tout de même un contact à l'intérieur. Un membre de la secte qui s'est spontanément manifesté il y a quelques mois et qui, jusqu'à maintenant, nous a fourni toutes les informations pertinentes que nous possédons.

– De qui s'agit-il? demande Chang en passant à son tour sous la branche.

– Nous l'ignorons, répond le sergent en lui faisant signe de se taire et de garder le silence.

Lorsqu'il découvre le lac et les habitations qui l'entourent, Chang souhaite que le contact providentiel dont parle Catherine Lebeau se trouve toujours sur place et, surtout, prêt à leur venir en aide.

Chapitre 9

L'heure du Grand Sacrifice

Alors qu'ils longent prudemment ce qui semble être le bâtiment principal de la colonie du lac Perdu, Chang et le sergent Lebeau s'entendent interpeller.

– Psst! Psst!

Arme au poing, la policière se retourne. À sa grande surprise et à son vif soulagement, elle aperçoit à quelques mètres à peine, à demi dissimulée derrière un bouleau, une fillette d'une douzaine d'années. De longs cheveux noirs, très droits, tombent sur ses épaules. Ses yeux, noirs également, pétillent.

D'emblée, Chang et Catherine la trouvent sympathique.

– Que veux-tu? demande la policière en abaissant son arme.

– Vous parler... répond l'adolescente.

Elle regarde nerveusement autour d'elle avant de s'approcher.

– Qui es-tu? demande Chang à son tour.

– Je me nomme Vanessa.

Inquiète, elle regarde derrière elle avant d'ajouter à voix basse :

– Je suis votre contact.

Abasourdie par cette révélation, la policière regarde Chang.

– Vous devez me croire, poursuit Vanessa. J'ai vu votre hélicoptère tournoyer au-dessus des montagnes. Je vous attendais.

Au même moment, on entend des bruits de pas rapides, un froissement de feuilles, des branches qui craquent. Sortant du bois, trois hommes armés de couteaux se précipitent sur le petit groupe stupéfait.

Une haine farouche déforme leur visage simiesque, aux traits grossiers.

Catherine Lebeau voudrait faire feu,

mais Vanessa se trouve directement dans sa ligne de tir.

– Couche-toi! ordonne-t-elle à l'adolescente. Et d'un geste brusque elle la force à s'allonger à ses pieds.

Trop tard! Les assaillants sont déjà sur eux. À la vitesse de l'éclair, Chang accueille le premier homme, un immense gaillard aux biceps saillants, d'un coup de pied latéral à la mâchoire. On entend un craquement sec et le malheureux s'écroule en hurlant et en se tordant de douleur.

Abasourdis par la rapidité fulgurante avec laquelle Chang se défend, les deux autres agresseurs demeurent un instant pétrifiés. De leurs yeux farouches, ils observent le Chinois comme une bête curieuse.

Sans leur laisser de chance, Chang pivote sur lui-même et met successivement hors de combat ses assaillants éberlués.

Un coup de pied arrière au plexus et son deuxième adversaire, un géant de un mètre quatre-vingt-dix, s'affaisse, le souffle coupé net. Un coup de pied avant à la gorge, suivi d'un coup frappé derrière l'oreille avec le tranchant de la main, lui permettent d'éliminer le troisième lascar qui s'effondre lourdement à ses pieds.

– Tu ne perds pas de temps à réagir, Chang! s'exclame Catherine Lebeau en se relevant.

– En l'occurrence, je crois qu'il n'y avait pas de temps à perdre, répond l'adolescent.

– On m'avait parlé de tes talents, mais je demeure impressionnée.

– Venez vite, supplie Vanessa. Le soleil va bientôt se coucher, il n'y a plus un instant à perdre.

– Qui sont ces hommes? demande Chang en contemplant ses adversaires vaincus.

– Des membres de la secte. Ils m'épiaient probablement et m'ont suivie sans que je m'en rende compte. Venez.

Guidés par Vanessa, Chang et Catherine s'enfoncent dans la forêt.

– Normalement, on pénètre dans le temple par ce bâtiment triangulaire, explique la jeune fille à voix basse. Mais je connais une entrée secrète.

En silence, la petite troupe avance sous le couvert des arbres. Sans l'aide de

Vanessa, il serait impossible d'accéder au temple.

Le jour baisse et la forêt s'assombrit rapidement. Catherine et Chang s'efforcent de demeurer dans le sillage de Vanessa qui semble connaître le bois comme le fond de sa poche.

L'adolescente ralentit subitement. La policière et Chang doivent s'arrêter brutalement pour éviter de la bousculer.

– Voici l'entrée secrète, annonce Vanessa.

Elle s'accroupit au pied d'un chêne plusieurs fois centenaire et balaie le sol de la main pour écarter un petit amoncellement de branches et de feuilles mortes. Un gros anneau de métal apparaît bientôt. Vanessa l'empoigne et tire. Une trappe s'ouvre alors doucement, révélant l'entrée d'un souterrain auquel on accède par une échelle de fer fixée à même le roc.

– Suivez-moi, ordonne la jeune fille.

Sans attendre elle se glisse par l'ouverture et commence à descendre. Ses gestes sont sûrs et rapides. En la suivant, Chang se dit qu'elle a sûrement l'habitude d'emprunter ce chemin. Après avoir rengainé

son arme, Catherine s'engage à son tour en laissant la trappe ouverte.

Au pied de l'échelle, un souterrain sombre et étroit les attend. Vanessa se baisse et prend un sac dans lequel elle fourrage un moment. Elle en sort une lampe de poche qu'elle allume aussitôt.

– J'avais pris mes précautions, explique-t-elle à ses deux amis. Ce passage est pratiquement oublié des membres de la secte. Il m'a été bien utile pour communiquer avec la police.

– Pourquoi prends-tu de tels risques? demande Catherine impressionnée par le courage et la détermination de l'adolescente.

– Parce que je ne puis supporter les agissements de notre secte. Il faut en finir avec de telles pratiques, indignes de gens qui se prétendent évolués. Allons-y!

Toujours guidés par Vanessa, Chang et le sergent Lebeau avancent lentement, retenant leur souffle. Au bout d'un moment, ils entendent les roulements de tambours que l'on bat en cadence. Puis des voix scandant une mélopée étrange et envoûtante résonnent à leur tour.

– Qu'est-ce qu'on entend? demandent ensemble Chang et Catherine.

– La cérémonie est commencée depuis longtemps. Lorsque ces chants s'éteindront, Marco Dubé sera sacrifié sur l'autel du Soleil couchant, affirme Vanessa d'une voix tremblante d'émotion.

– Il faut le sortir de là au plus vite, marmonne Chang.

Vanessa éteint sa lampe de poche et, presque immédiatement, la petite troupe débouche dans un coin sombre de la caverne, juste derrière la cage où Marco Dubé est retenu prisonnier.

– Marco! murmure Chang.

– Chut!

La mélopée, qui emplissait le temple et le faisait vibrer depuis plus de trois heures, se tait brusquement. Seul le sourd martèlement des tambours continue à résonner sinistrement.

– Il faut sortir Marco de là, déclare Chang.

À ce moment, on entend un léger froissement dans la pénombre et une silhouette se profile entre la muraille et la cage.

Catherine sursaute. La main sur la

crosse de son revolver, elle se tient prête à intervenir, mais Vanessa la rassure.

– N'ayez pas peur, c'est ma sœur.

Se tournant vers cette dernière, elle demande :

– Tammy, as-tu la clef?

– Oui, mais il faut faire vite, réplique la jeune fille, sinon ils remarqueront mon absence.

Complètement éberlués par la ressemblance incroyable des jumelles, Chang, Catherine et Marco en restent bouche bée.

– Oui, expliquent les deux sœurs d'un air énigmatique. Cette ressemblance nous a souvent servi.

Puis Vanessa se tourne vers sa jumelle et dit :

– Retourne vite à ta place. Je me charge de libérer notre protégé.

Sans bruit, Tammy disparaît à nouveau dans l'ombre et s'y perd.

– Peux-tu nous expliquer... commence Catherine.

– Pas maintenant, coupe Vanessa qui s'affaire à déverrouiller la porte de la cage.

– Agaratama pagash!

Les tambours se sont tus à leur tour

et la voix de la grande-prêtresse s'élève dans le temple redevenu silencieux.

– Vite, supplie Vanessa en libérant Marco. Ils vont venir!

– Halte! crie soudain une voix derrière eux. Qu'est-ce qui se passe ici?

Chapitre 10

Une fuite éperdue

Surgissant brusquement derrière l'homme qui vient de les surprendre, Chang l'assomme d'un coup derrière la nuque.

Trop tard : l'alerte a déjà été donnée.

Un brouhaha monte dans l'assemblée réunie autour de l'autel, des cris fusent, des ordres sont lancés dans cette langue archaïque qui sonne bizarrement aux oreilles modernes.

Sans attendre, le petit groupe dirigé par Catherine Lebeau s'engouffre dans le souterrain.

– Vite! s'écrie la policière aux ado-

lescents. Dépêchez-vous! Il faut atteindre la sortie du tunnel.

Déjà des membres de la secte, aiguillonnés par leur fanatisme, sont à leurs trousses. Chang, qui ferme la marche afin de protéger ses amis, crie :

– Plus vite ! Plus vite! Ils sont sur nous!

La policière et les deux adolescents entendent des bruits de lutte et reviennent sur leurs pas. Chang, avec toute son habileté, a mis en déroute une dizaine de disciples, mais d'autres arrivent aussitôt pour les remplacer. Il sont devenus trop nombreux et le jeune Chinois se trouve à présent en sérieuse difficulté.

Catherine Lebeau dégaine son arme et fait feu, atteignant à la jambe un petit homme trapu qui s'effondre en jurant.

– Nous ne pourrons jamais nous enfuir, hurle Catherine. Il y en a beaucoup trop. Et elle fait feu à nouveau.

– Par ici, dit Vanessa en les tirant par la manche. Encore quelques pas et nous pourrons fuir par une entrée secrète.

Chang et la policière se regardent, incrédules.

– Continuez à les tenir à distance tout

en reculant avec Marco et moi, demande la jeune fille. À un mètre à peine, une ancienne entrée secrète est dissimulée.

Le sergent Lebeau fait de son mieux pour protéger son groupe. Bientôt elle entend un frottement de pierres.

– Voici l'entrée! annonce Vanessa.

À la lueur des torches des poursuivants, Marco, qui ne lâche pas Vanessa d'une semelle, voit s'ouvrir devant lui la paroi rocheuse.

– Par ici, Chang, crie-t-il à son ami.

Sans se faire prier, le Chinois et la policière pénètrent à leur tour par l'ouverture miraculeuse, au moment même où deux grands et robustes gaillards, les cheveux noués en queue de cheval, se précipitent sur eux.

Les deux brutes ne peuvent s'engouffrer par l'ouverture. La porte secrète se referme lourdement sur le bras armé d'un long couteau d'un des malheureux. Un craquement sinistre se fait entendre suivi d'un hurlement de douleur.

La porte s'ouvre à nouveau. La petite troupe n'a que le temps d'entendre le bruit de chute d'un corps, puis la porte se referme aussitôt.

– Venez, dit Vanessa en allumant sa torche électrique. Un peu plus loin, il y a un escalier qui conduit à un autre souterrain menant directement sous l'autel du Grand Sacrifice. De là, nous pourrons nous enfuir.

Vanessa et la petite troupe descendent un vieil escalier raide et usé aboutissant à un souterrain humide et suintant.

– Attention, prévient Vanessa. Il y a des rats. Ils sont nombreux. Ils vivent tranquilles ici. Plus personne n'utilise ce chemin depuis des années.

Avançant avec précaution, le groupe s'enfonce dans le souterrain qui sent l'humidité et la terre.

– Oh! Maman! s'écrie Marco en se rapprochant des autres. J'ai l'impression qu'il y a plein de sales bestioles qui grouillent tout autour de nous.

Ils entendent des petits bruits de pattes qui trottent devant eux, comme pour fuir sur leur passage.

– Les rats... explique Vanessa.

Sa voix tremblante exprime toute l'horreur du genre humain pour son ennemi de toujours.

– Tant qu'ils peuvent s'enfuir devant nous, il n'y a rien à craindre, affirme

Chang. J'espère seulement ne pas les acculer à un mur...

– Pas de danger, enchaîne Vanessa. Les parois sont truffées de galeries et de ramifications où ils peuvent trouver refuge.

Au bout d'un moment, elle ajoute :

– Maintenant, silence. Nous arrivons.

La petite troupe s'arrête au pied d'une échelle en fer rouillé, mais encore solide.

– Suivez-moi, ordonne Vanessa à ses amis. En ce moment, nous sommes directement sous l'autel, près de la vasque.

Sans attendre, elle commence à grimper aux échelons, aussitôt suivie par Marco, Catherine et Chang qui ferme la marche.

– Autrefois, explique Vanessa à voix basse, ce chemin secret était fréquemment utilisé par les prêtres et les prêtresses. Il leur permettait d'apparaître et de disparaître mystérieusement durant la cérémonie. Une façon bien pratique d'entretenir la croyance en leurs pouvoirs surnaturels...

– Comment connais-tu tous ces secrets? demande Marco, impressionné par la jeune fille.

– Ma sœur et moi appartenons à la caste des grands-prêtres et grandes-prêtresses de la secte. Nous avons, depuis toujours, été initiées à ces mystères...

Elle se tait bientôt et tend l'oreille. Au bout d'un moment, elle soulève lentement la trappe qui obstrue la sortie au-dessus de sa tête.

Des éclats de voix leur parviennent, étouffés; des ordres sont hurlés dans cette langue archaïque qui sonne si bizarrement.

– Chut! ordonne Vanessa qui disparaît aussitôt par la trappe ouverte.

Marco et ses amis surgissent à leur tour de l'ombre et se retrouvent sous l'autel.

Dans l'immense caverne, des ombres se profilent, s'agitant en tous sens, de manière apparemment désordonnée.

– Il faut faire vite, explique Vanessa. Ils ne vont pas tarder à revenir. J'ai vu un des prêtres dans la foule qui nous poursuivait. Lui connaît le chemin que nous avons emprunté.

Comme pour confirmer ses dires, un cri rauque retentit au même moment, se répercutant dans l'immensité de la caverne.

– Aragh Sallaht!

– Ils nous ont repérés! s'écrie Vanessa. Déguerpissons!

Avec agilité, la jeune fille sort de sous l'autel, entraînant avec elle ses compagnons.

À toute vitesse, ils contournent la vasque centrale et, conduits par Vanessa, se précipitent vers la paroi qui s'est ouverte la première fois que Marco a pénétré dans le temple.

– Tammy! s'écrie Vanessa en reconnaissant sa sœur qui se tient dans l'ombre, près du mécanisme actionnant l'ouverture de la paroi.

– Vanessa! Il faut vite vous sauver pendant qu'il est encore temps!

– Tu viens avec nous toi aussi! dit Catherine Lebeau.

– Non, sergent, répond Tammy. Je dois rester ici pour continuer à vous aider. Ils ne se méfient pas encore de moi. Ils croient que seule Vanessa a trahi notre race.

– Tu risques ta vie, commente Chang dont le visage est devenu grave tout à coup.

– Je sais. Vanessa aussi risque sa vie.

Jamais ils ne lui pardonneront sa trahison. Ils remueront ciel et terre pour la retrouver. S'il vous plaît, implore-t-elle, veillez sur elle. Elle n'aura pas un instant de repos.

– Il faut partir, dit Catherine. Tu es sûre de ta décision, Tammy?

– Oui, sergent. Quelqu'un de la secte doit continuer à vous informer et à vous aider à mettre fin aux activités criminelles de ses membres. Partez!

Elle actionne le mécanisme secret et la paroi coulisse silencieusement, révélant le souterrain que Marco connaît bien.

Les jumelles s'étreignent longuement :

– Fais attention à toi, Tammy, je t'en supplie.

– Tu seras plus à plaindre que moi, Vanessa. Ils ne te laisseront pas un instant de répit. Chaque seconde, jour et nuit, ta vie sera en danger.

– Ne t'inquiète pas, Tammy. J'ai de bons amis.

– Viens, dit Chang en l'entraînant par le bras, mettant ainsi fin à une douloureuse séparation.

La paroi se referme sur le visage volontaire et triste de Tammy, au moment

où des cris de haine retentissent derrière elle.

– Oh! non! s'écrie Vanessa en étouffant un sanglot.

– Vite! s'exclame Catherine Lebeau. Il ne faut pas moisir ici!

– Le sergent a raison, admet Chang en poussant ses jeunes amis. Il faut faire confiance à Vanessa. Elle a fait preuve d'un courage indéfectible. Venez!

La petite troupe s'éloigne rapidement. Marco, prenant la main de sa nouvelle amie, rompt le lourd silence qui pèse :

– Pourquoi un tel sacrifice, Vanessa?

– Pourquoi? Parce que ma sœur et moi ne pouvons demeurer impassibles devant des agissements criminels.

– C'est très noble et très courageux, dit Chang. Mais à quel prix?

– Ma sœur et moi sommes nées dans cette société archaïque et millénaire. Nous avons été élevées, éduquées dans la religion de nos ancêtres. Mais nous réprouvons cette religion dépassée, basée sur le sacrifice humain. Nous sommes prêtes à payer le prix qu'il faut pour en miner les fondations et la voir disparaître un jour.

Continuant son chemin en silence, la petite troupe remonte à la surface et débouche bientôt aux abords du lac Perdu.

Suivant la policière, les adolescents s'enfuient vers la clairière au moment où une dizaine d'hélicoptères apparaissent dans le ciel rougi par le soleil couchant.

Chapitre 11

Seule dans la gueule du loup

Laissée à elle-même, Tammy sent son cœur se serrer. Elle se tient devant la paroi rocheuse qui s'est refermée, la séparant peut-être à jamais de sa jumelle, qui est aussi sa seule alliée et sa meilleure amie.

Les larmes lui montent aux yeux, mais elle doit à tout prix cacher sa peine et son désarroi. Les membres de la secte, le visage crispé et les yeux remplis de haine, arrivent à sa hauteur.

– Arag kala! dit Daniel Tonnerre en lui saisissant le bras.

– Aïe! Tu me fais mal, se plaint Tammy. Lâche-moi! dit-elle à son cousin en se débattant.

– Qu'est-ce que tu fais ici, toute seule? insiste l'homme au visage buté. Où est ta sœur?

La poigne de Tonnerre se resserre autour du biceps de la jeune fille. Des larmes de désespoir et de douleur inondent son visage. Elles sont bien vite remplacées par des pleurs de rage et de haine contre tous les membres de cette secte maudite à laquelle elle a le malheur d'appartenir.

Tammy, dans un sursaut de courage, décide d'employer ces sentiments nouveaux à tenter de sauver sa vie. Elle est résolue à feindre d'éprouver cette haine farouche et cette rage impuissante à l'égard des fuyards et de sa propre sœur qui a trahi.

– Lâche-moi, imbécile! dit brusquement Tammy à son agresseur. Tu nous fais perdre un temps précieux. Il faut vite rattraper les fugitifs avant qu'ils puissent alerter la police.

– La police! s'exclame Tonnerre en libérant aussitôt la jeune fille qu'il retenait prisonnière.

Elle frotte son bras douloureux et explique aux membres de sa secte comment Vanessa s'est enfuie en compagnie de Marco et d'une policière. Sciemment, elle omet de parler de Steve Chang.

– Cette policière ne doit pas être venue seule, affirme-t-elle. Ses collègues doivent l'attendre à l'extérieur. Peut-être même se tiennent-ils en embuscade, prêts à donner l'assaut. Il faut agir et vite.

Tammy cherche à tout prix à semer la panique parmi ses coreligionnaires. Elle veut les affoler pour éviter des questions qui pourraient devenir embarrassantes.

Sa manœuvre réussit au-delà de toutes ses espérances. À l'idée de l'arrivée imminente des forces policières, les membres de la secte du Soleil couchant sont pris de panique. Daniel Tonnerre doit user de toute son autorité afin de les calmer et de les amener à s'organiser.

– Nous devons agir rapidement et intelligemment, énonce-t-il. Si Vanessa nous a trahis et que les autorités du monde extérieur sont au courant de l'existence du temple, il faut le détruire!

Un murmure consterné parcourt l'assistance. Les visages prennent un air

grave et attentif; ils se tournent tous vers le responsable du groupe, Daniel Tonnerre.

– Vos chefs éclairés ont depuis longtemps prévu cette éventualité, explique l'homme qui a pris les choses en main. Un plan d'alerte a été établi. Vous devez obéir aveuglément aux ordres qui vous seront donnés.

Les membres de la secte demeurent silencieux et hochent doucement la tête en signe d'assentiment. Ils sont habitués à obéir sans jamais remettre en question ni en doute les enseignements ou les ordres qui leur sont donnés. Aujourd'hui, comme toujours, ils feront ce que leurs chefs leur commanderont de faire.

– Chefs de section! hurle Tonnerre.

Vingt hommes et vingt femmes d'âge mûr sortent aussitôt des rangs et s'approchent en silence. Ils s'avancent et s'agenouillent humblement en baissant la tête.

– Nous devons immédiatement mettre en branle le plan d'urgence «Orégon». Vous savez ce qui vous reste à faire. Allez!

Ces gens qui, en temps ordinaire,

s'occupent de la bonne administration de la colonie, élèvent le bras droit sans prononcer un seul mot. Aussitôt, chaque membre rejoint la section dont il a la charge.

Les groupes, d'une dizaine de personnes chacun, se dispersent ensuite en ordre dans la caverne rougeoyante, prêts à accomplir la mission qui leur est impartie.

Tammy demeure aux côtés de Daniel Tonnerre, le chef de son clan.

– Il faut les poursuivre, s'indigne la jeune fille, feignant d'être en colère contre sa sœur. Nous ne pouvons laisser Vanessa s'en tirer ainsi.

Devant le visage fermé et le regard déterminé de la jeune adolescente, Daniel Tonnerre décide d'accorder, pour l'instant, sa confiance à Tammy.

– Atala balag! Ne t'en fais pas, jeune fille. Nous retrouverons celle qui a trahi son peuple. Elle paiera cher sa désertion.

L'homme s'adresse ensuite aux membres de son propre groupe.

– Mes amis, l'heure est grave. Il faut agir. Nous avons pour tâche de faciliter le départ de la grande-prêtresse vers une

autre colonie, plus sûre.

Les membres du clan Tonnerre, conscients de l'importance de la mission dont ils sont investis, redressent la tête, attentifs.

– Lorsque la grande-prêtresse de la colonie, notre mère à tous, aura quitté les lieux, nous pourrons alors détruire le temple afin qu'il ne tombe jamais aux mains des impies! clame le responsable d'une voix autoritaire.

– Orag malak akobé! s'écrient en chœur les sectateurs. Que la volonté du Soleil couchant s'accomplisse!

– Les sacrifices seront grands, mais nous sommes prêts! enchaîne aussitôt Tonnerre en levant les bras au ciel.

– Malak akobé! Malak akobé! Malak akobé! répètent les fanatiques auxquels se joint Tammy à contrecœur.

Satisfait de la flamme de folie qu'il voit luire dans les yeux des membres de sa troupe, Tonnerre cesse sa harangue.

– Venez à présent, dit-il simplement.

Il s'éloigne de la paroi rocheuse à grands pas, entraînant dans son sillage sa petite troupe déterminée à aller jusqu'au bout.

Tammy qui ne connaît rien des plans du responsable de son clan écoute son cœur battre la chamade. Elle a peur. Elle connaît Daniel Tonnerre. Elle sait qu'il est capable des décisions les plus folles, des actions les plus brutales.

Ces pensées se bousculent dans sa tête. Elle s'efforce de demeurer le plus près possible de son chef au comportement imprévisible.

Tonnerre se dirige vers l'une des extrémités les plus sombres de la caverne. Une immense statue monstrueuse, représentant les sept dieux de l'enfer, monte la garde.

Chapitre 12

Le gardien de l'enfer

À la vue de cette effigie qui glace le sang, les membres de la secte sont secoués d'un frisson d'horreur et de crainte superstitieuse. Des chuchotements s'élèvent. Tonnerre se retourne aussitôt pour calmer les angoisses de ses subordonnés.

– Voici Yulpitomakaluk, gardien des enfers éternels! annonce-t-il.

Un murmure respectueux parcourt la petite troupe.

– Il est aussi le gardien de l'immortalité de notre Maison! poursuit-il en haussant le ton. Souvenez-vous-en!

Les membres du groupe se regardent gravement et hochent la tête. Ils sont prêts à affronter toutes les horreurs, même celles de la mort, afin que leur secte puisse survivre.

Complètement obnubilés par les enseignements reçus et la foi aveugle qu'ils nourrissent envers leurs chefs, les membres du groupe regardent respectueusement Tonnerre qui s'agenouille devant la représentation hideuse du terrible Yulpitomakaluk, le dieu aux sept visages.

Tout en marmonnant des paroles incompréhensibles à l'auditoire, Tonnerre appuie sur une des dalles installées devant l'épouvantable statue païenne.

Il déclenche ainsi un mécanisme secret, connu seulement de quelques membres privilégiés de la secte.

Aussitôt, la terrible sculpture, témoignage impie des mœurs d'un autre âge, se met à trembler sur son socle. Terrifiés, les membres de la secte reculent en hurlant.

– À genoux! crie Tonnerre toujours agenouillé devant l'effroyable représentation des tourments de l'enfer.

Prosternez-vous devant le grand Yulpitomakaluk aux sept visages!

Impressionnés par l'immense statue qui semble vouloir les écraser, les sectateurs hésitent un instant. Tammy regarde autour d'elle, cherchant un moyen de fuir cette folie, mais il n'y en a pas. Elle contemple le dos de Daniel Tonnerre prosterné devant la statue.

Après quelques secondes d'hésitation, voyant qu'il n'y a rien à craindre, Tammy et les autres se prosternent à leur tour. Le front appuyé contre les dalles de pierre froides, ils demeurent ainsi, immobiles, attendant le bon vouloir de leur chef et maître.

L'effroyable statue de pierre continue à bouger, menaçant à tout moment de basculer sur les membres de la secte qui l'entourent. Le sol tremble et gronde sourdement.

Tammy risque un œil autour. Tous les autres frémissent, mais demeurent sagement prostrés devant l'effigie. La jeune fille voit alors Daniel Tonnerre se tourner vers le groupe. Il semble s'assurer que personne ne l'observe.

Tammy demeure immobile, comme

les autres, mais en tournant le visage légèrement de côté, elle peut observer les faits et gestes de son chef.

Il se relève, contourne la statue et revient bientôt en compagnie de la grande-prêtresse qui attendait, probablement dissimulée derrière.

– Tremblez, mes frères, hurle Daniel Tonnerre dont la voix couvre difficilement le vacarme qui les entoure.

Terrifiés, les membres n'osent relever la tête. Ils demeurent aussi figés que des statues de sel.

– Écoutez à présent la voix de notre mère à tous!

La vieille prêtresse s'avance lentement dans le froufroutement de ses amples vêtements rouge sang.

– Ama mana nabag! Le jour est venu de vous quitter mes enfants.

Les membres de la secte poussent un cri de détresse sans oser relever la tête.

– Mettez le feu au temple! Détruisez-le! Qu'il n'en reste rien que des cendres brûlantes afin que les mains des impies ne puissent rien souiller!

– Raga talash! Raga talash! répètent les voix sourdes des membres prosternés.

– Allez! Maintenant!

Sur l'ordre de leur chef suprême, les membres du groupe se relèvent aussitôt. Daniel Tonnerre, qui s'était éclipsé, revient se placer à la droite de la grande-prêtresse. À ce moment précis, l'abominable statue bascule et se fracasse en mille morceaux.

Un bruit effroyable se répercute dans l'immensité de la grotte. Affolés, les membres de la secte se dispersent rapidement dans la caverne obéissant ainsi aux ordres de la grande-prêtresse. Ils courent partout, les yeux hagards, l'écume aux lèvres.

Tammy hésite. Elle ne sait si elle doit faire semblant d'obéir ou bien rester en compagnie de Tonnerre et de la grande-prêtresse.

Elle n'a pas le loisir de réfléchir longuement. Daniel Tonnerre l'empoigne à nouveau fortement.

– Tu viens avec nous, Tammy, dit-il simplement.

Sa voix est neutre, mais le ton est grave.

Tammy ne sait quoi penser. Elle sent sourdre une menace dans ces simples paroles.

Voyant l'hésitation de la jeune fille, Tonnerre lui glisse à l'oreille :

– Toutes les issues sont bloquées. Lorsque nos frères auront répandu le feu du sacrifice, ils ne pourront s'échapper.

Horrifiée par ces déclarations, Tammy comprend soudain que les chefs suprêmes de la secte ont décidé de sacrifier quelques membres au profit du groupe.

De plus en plus amère et dégoûtée, Tammy choisit de suivre Tonnerre qui l'entraîne déjà dans le souterrain secret révélé par la chute de la statue.

Chapitre 13

Les rats abandonnent le navire

L'escalier en spirale, taillé à même le roc, s'enfonce profondément dans la terre. Parce qu'elle appartient au clan Tonnerre qui règne en maître sur la secte depuis plus de trois cents ans, Tammy, tout comme sa sœur Vanessa, connaît beaucoup de secrets. Pourtant, elle ignorait l'existence de ce souterrain.

Sans rechigner ni se faire prier, la jeune fille s'engage dans l'escalier sombre à la suite de la grande-prêtresse. Daniel Tonnerre ferme la marche. Après avoir jeté un dernier coup d'œil à la salle du

Grand Sacrifice, il s'engouffre à son tour dans l'ouverture, l'air satisfait.

Tammy, horrifiée, remarque que les flammes se répandent dans la caverne. L'espace de quelques secondes, les marches grossièrement taillées sont brutalement éclairées. Des hurlements sinistres lui parviennent : les fanatiques s'extasient déjà devant la mort horrible qui les attend.

Les jambes flageollantes, la jeune adolescente doit s'agripper à la paroi rocheuse pour éviter de tomber et de se rompre le cou dans l'escalier étroit.

Dans le noir, elle sent la présence peu rassurante de Tonnerre qui se tient à quelques pas d'elle. Sans le voir, elle sait qu'il braque sur elle ses yeux perçants. À quoi songe-t-il? La jeune fille essaie de rester brave. Elle n'ose imaginer les desseins de cet homme brutal, capable d'abandonner ainsi ses proches aux flammes.

Suivant toujours la grande-prêtresse, chef suprême de la colonie, Tammy continue à descendre en s'accrochant à la paroi rugueuse. Sans prévenir, la grande-prêtresse ralentit soudain. Elle s'arrête si brusquement que la jeune fille ne peut éviter de la bousculer.

– Batak! Fais attention, ma fille! dit simplement la vieille femme.

Tammy ravale sa salive. La grande-prêtresse demeure très impressionnante malgré son grand âge et sa frêle silhouette. Devant elle, la jeune fille se sent démunie, incapable de penser et d'agir correctement.

– Pardonnez-moi, Mère, dit-elle humblement.

L'ancêtre ne répond pas. À tâtons, elle fouille la paroi rocheuse.

– Il y a pourtant une niche percée ici, à cette hauteur, marmonne-t-elle entre ses dents.

Au bout de quelques secondes, elle ajoute :

– Ah! la voilà!

Elle tâtonne encore quelques instants. Tammy épie chaque bruit et finit par conclure que la prêtresse a enfin trouvé ce qu'elle cherchait : une lampe à pétrole, cachée là depuis des siècles peut-être, attendant l'occasion de servir.

Comme pour lui donner raison, la lumière jaillit brusquement, éclairant l'escalier souterrain.

– Venez, ordonne la vieille prêtresse en continuant à descendre. Nous ne sommes plus très loin à présent.

Tammy se demande avec angoisse où elle les conduit et surtout combien de temps il reste encore à descendre cet escalier en colimaçon qui lui donne le tournis. Il aboutit enfin au pied d'une immense muraille.

La vieille femme lève sa lampe pour éclairer l'impressionnante paroi rocheuse gravée d'étranges inscriptions que Tammy ne saurait déchiffrer sans aide. L'adolescente est encore trop jeune pour être initiée à tous les mystères de sa secte.

Silencieuse, encadrée par deux adultes qu'elle craint sans respecter, Tammy contemple ces inscriptions qui paraissent dater d'une époque fort ancienne.

Curieuse, elle voit alors Daniel Tonnerre s'avancer doucement vers la muraille. Elle l'observe attentivement pendant qu'il appuie sur certaines inscriptions dans un ordre donné. Sous la pression de son index, les touches s'enfoncent légèrement dans la paroi de granit.

L'homme pousse enfin sur une

dernière lettre en relief, tout en volutes et en arabesques. Un bruit sourd se fait aussitôt entendre. L'homme recule et rejoint ses compagnes. Ahurie, Tammy voit alors une partie de la muraille pivoter sur elle-même, révélant une ouverture secrète.

– Venez vite! ordonne Daniel Tonnerre. La porte ne restera ouverte que quelques secondes. Elle se refermera ensuite pour l'éternité. Dès que nous l'aurons franchie, un mécanisme se déclenchera et la caverne du Grand Sacrifice s'écroulera.

– Et tous les malheureux qui s'y trouvent encore! ne peut s'empêcher de s'exclamer Tammy.

Elle ne peut s'indigner plus longuement. Elle est violemment entraînée dans l'orifice et se retrouve, malgré elle, de l'autre côté de la paroi rocheuse. Aussitôt le petit groupe passé, la muraille se referme hermétiquement. Tammy sent l'air frais lui chatouiller les narines.

Un grondement sourd fait trembler le sol sous leurs pieds.

– La caverne s'effondre! s'exclame Daniel Tonnerre.

– De la pierre, du sang et du feu renaîtra la secte du Soleil couchant, plus forte et plus grande encore! annonce de sa voix grave et dramatique la grande-prêtresse. Venez à présent.

Accablée par le sort des malheureux qui se trouvent pris au piège, Tammy ne peut retenir les larmes qui coulent le long de ses joues, de son menton, puis de son cou. Elle ne fait pas un geste pour les essuyer.

La jeune fille se promet cependant qu'elle fera tout en son pouvoir pour retrouver sa sœur qui a réussi à fuir. Ensemble, elles réussiront à détruire cette secte maudite, aussi puissante soit-elle.

Après avoir quitté la grande muraille qui les protège et derrière laquelle tout un monde s'écroule à jamais, Tammy et les deux autres membres de la secte qu'elle abhorre s'enfuient par un étroit tunnel, grossièrement creusé à même le roc, puis dans la terre.

Ils débouchent ainsi rapidement dans un endroit éloigné de la forêt, à l'autre extrémité du lac Perdu. Au-dessus de leur tête, un bruit assourdissant, celui d'un ballet d'hélicoptères tournoyant dans le ciel qui s'assombrit rapidement à la fin de cette terrible journée.

– Il est grand temps d'abandonner la colonie, murmure Daniel Tonnerre qui n'exprime aucun regret.

– Tel le grand Phénix, elle renaîtra de ses cendres! prophétise la grande-prêtresse.

– Les membres sont partout, Mère. Déjà ils vous attendent, honorés de pouvoir vous abriter, dit Daniel Tonnerre en lui prenant doucement le bras.

Très attentionné, il aide ainsi la vieille femme à se rendre au bord du lac. Silencieusement, le trio marche sous les arbres un long moment avant de finalement aboutir à une petite grotte dont l'entrée est habilement dissimulée par une épaisse végétation.

Tammy éprouve un sentiment d'horreur mêlé d'admiration devant tous les artifices déployés par la secte pour se protéger. La jeune fille, tout en suivant docilement ses aînés, ne pense qu'au moyen de s'enfuir. La police a envahi la colonie, peut-être que si elle criait au secours...

Mais elle se trouve à l'autre extrémité

du grand lac Perdu. D'ici, personne ne pourrait entendre ses cris de détresse. Impossible non plus de tenter de fuir : Daniel Tonnerre aurait vite fait de la rattraper et de la maîtriser.

Tammy n'a pas le choix. Elle doit prendre son mal en patience et feindre l'obéissance absolue.

Elle suit Daniel Tonnerre et la grande-prêtresse qui, bien que forcés de marcher pliés en deux, avancent rapidement dans la grotte.

Tammy n'est pas encore au bout de ses surprises. À une centaine de mètres à peine, elle découvre une rivière souterraine au bord de laquelle est amarré un Zodiac.

– Voilà, Mère, dit doucement Tonnerre à la vieille femme qu'il traite avec le plus grand respect et, curieusement, avec beaucoup de tendresse. Installez-vous confortablement.

Il l'aide à prendre place à bord de l'embarcation.

– Dans une demi-heure à peine, nous rejoindrons le lac Maudit. Un hydravion nous attend déjà, prêt à nous emmener loin d'ici.

Tammy s'installe à son tour dans le Zodiac. Daniel Tonnerre met le moteur en marche et, ensemble, ils s'enfoncent dans les profondeurs de la montagne pour rejoindre leur point de rendez-vous.

Épilogue

– Qu'on ne me parle plus jamais de colonie de vacances! dit Marco Dubé à son ami.

– Souviens-toi, mon cher, que c'est toi qui a insisté pour m'accompagner.

– C'était une erreur, je le reconnais. Mais jamais je n'aurais cru avoir affaire à une pareille bande de fous.

– Tu n'es pas le seul. Personne n'y croyait. Le pire, c'est que les policiers n'ont pu arriver à temps pour arrêter tous ces dangereux fanatiques.

– Ouais, seuls quelques membres de la secte, dont le directeur du centre de vacances, Robert Morel, ont pu être arrêtés. Tu crois qu'ils vont se réinstaller ailleurs?

– Il y a beaucoup à parier que oui... répond Chang, songeur. Au moins la colonie du lac Perdu a pu être démantelée.

– Et le centre de vacances du lac Vert fermé. Mais trop tard pour que la vie de notre ami Jean-Philippe soit épargnée...

Pendant un moment, les deux garçons demeurent silencieux, complètement absorbés dans leurs pensées. Marco finit sa boisson gazeuse et demande :

– Dis-moi, Chang. Il faut protéger la vie de Vanessa, mais penses-tu que nous courons un danger quelconque?

– Que veux-tu dire, Marco?

– Eh bien, crois-tu que ces gens pourraient nous en vouloir, à nous aussi, au point de chercher à nous retrouver?

Chang hésite un instant avant de répondre :

– Oui, je le crois. Mais il ne faut pas t'inquiéter, bonhomme...

Marco Dubé devient alors blanc comme un linge et laisse tomber sa bouteille vide qui se fracasse à ses pieds.

Fin